토이 Toy

토이 Toy

박세연 지음

북노마드

첫번째 토이…… 어린 시절

1980년대 목동. 우리 집 마당에서는 작은 장에
토끼와 닭을 길렀다. 담벼락에는 고양이들이 호시탐탐
어린 병아리를 노리고 있었다. 언니와 나는 마당에 나가
달콤한 샐비어 꿀을 쪽쪽 빨아 먹고 화장품을 만들겠다며
분꽃 씨를 쪼개어 하얀 가루를 긁어냈다.
뒷산에 올라가서는 온갖 풀들을 헤집으며 다녔다.
장다리꽃 줄기를 죽죽 쪘어 채찍처럼 들고 다녔고
토끼풀로 화관을 엮어 누렇게 변할 때까지 머리에 쓰고 다녔다.
강아지풀로 수염을 만들어 달고, 메뚜기와 잠자리를 잡고,
까만 머루를 쪙으며 놀았다.

소꿉놀이 세트를 갖고 싶다고 징징대는 나에게
할머니는 사용하지 못하게 된 수채 망과
금이 간 깔때기를 주었다.
나도 다른 아이들처럼 빨간 벽돌을 곱게 빻은 고춧가루를
반짝이는 플라스틱 냄비에 담고 싶었지만
살기 빠듯한 어른들에게 나의 부엌살림까지 요구할 수는 없었다.

매주 일요일 아침이면 만화영화가 방영됐다.
잠에서 깨자마자 이불에서 얼굴만 빼꼼히 내민 채
〈은하철도 999〉와 〈천년여왕〉 〈캔디 캔디〉 〈바바파파〉 등을
시청했다. 프로그램이 끝나면 내복만 입은 채 깔깔거리며
베개 싸움을 했다. 어린 동생이 울고 할머니가 호통하고서야
일요일 아침의 놀이가 끝났다.
손으로 꿰맨 알록달록한 이불 홑청, 촌스러운 패턴의 벽지 무늬,
서늘한 외풍이 부는 할머니 방 그리고 텔레비전 앞에 모여 앉은
삼남매. 내가 가장 선명하게 기억하는 유년 시절이다.

네 살 터울인 언니는 그림자 인형극을 곧잘 해주었다.
베란다 창에 갱지를 붙이고는 해를 등지고
종이 뒤에 납작 엎드려 직접 만든 종이 인형 두 개를 들고
그림자 연극을 시작했다.
고작 두세 명의 등장인물로 열 살 아이가 하는 인형극이
뭐 그리 재밌었겠냐마는 특별한 볼거리가 없던
그 옛날의 어린 나에게 언니의 인형극은 최고의 공연이었고
언니는 세상 누구보다 훌륭한 어른이었다.

온 세상이 장난감이었던 그런 때였다.

또렷하게 기억하고 있는 장난감 몇 가지가 있다.
딸랑딸랑 소리가 나는 동생의 빛바랜 오뚝이,
거실 한편을 차지하던 못난이 삼형제,
길거리 좌판의 베스트셀러였던 호스 달린 경주마,
대야에서 헤엄치던 개구리 인형,
털실 머리칼을 가진 양배추 인형과
누우면 눈을 감는 아기 인형
그리고 내가 그렇게 갖고 싶었던 소꿉놀이 세트.

고대의 아이들은 주변에서 쉽게 볼 수 있는
나무와 돌, 조개껍데기, 솔방울 등을 가지고 놀았는데
이것이 장난감 역사의 시작이다. 그리고 이처럼 자연물에서
영감을 얻어 자연스럽게 놀이로 이어진 것들이
장난감의 창조적 영역으로 분류된다.
뒷산에서 구르던 우리 삼남매는 아무도 가르쳐주지 않았지만,
눈에 보이는 모든 것들을 장난감 삼아 놀았다.
돌멩이로 공기놀이와 땅따먹기를 하고,
나뭇가지로 칼싸움을 하고, 솔방울로 멀리 던지기 내기를 했다.
우리가 그랬듯 아이라면 누구나 하는 자연스러운 놀이가
현존하는 다양한 장난감의 시초가 된 것이다.

아이는 어른을 반영하고 장난감은 현실을 반영한다.
공동체가 확대되며 가정과 사회라는 개념이 생긴 이후로
아이들은 어른 흉내를 내며 놀게 되었다.
어른의 삶을 축소해놓은 것 같은 자동차, 인형 등의
장난감은 모방의 영역으로 분류된다.

엄마가 외출이라도 하는 날이면 안방은 나의 놀이동산이 되었다.
엄마 화장대를 뒤져 립스틱과 아이새도를 바르고,
긴 진주 목걸이를 걸고, 옷을 꺼내어 몰래 입어보며
어른 흉내를 냈다. 엄마가 돌아와 얼룩덜룩한
내 얼굴을 보고 혼내도 그때뿐이었다.
나는 언제나 집이 비는 시간을 기다리다 냅다 엄마 방으로
뛰어들어가곤 했다. 여자애들이 하는 놀이는 뻔했다.
인형을 업어 달래주고, 옷을 갈아입히고, 모래로 밥을 짓고,
소꿉놀이하는 남자아이에게 '여보'라고 불렀다.
사내아이들은 총을 쏘아대고 자동차를 굴리며 놀았다.
딱히 어른이 되고 싶었던 것은 아닌데 나도 모르게
어른들이 하는 모든 것을 따라 하고 있었다.

장난감이 본격적으로 산업화된 건 1800년대 후반으로 보인다.
긴 역사에 비해 상업적으로 자리잡기까지 꽤 많은 시간이
걸린 것은 아이들의 인권이 존중될 만한 여건이
마련되지 않았기 때문이었다. 장난감의 세계는 현재의 삶과
매우 밀접하기 때문에 역사의 굴곡에 직접적인 영향을 받기 일쑤였다.
크고 작은 전쟁, 경제 위기 등으로 동서양을 막론하고
아이들도 함께 생존에 뛰어들어야만 했던 때가 있었다.
지금도 어느 곳에서는 어린 나이부터 강제 노역을 하는 아이들이 있다.
그들의 장난감은 무엇일까?
장난감의 역사에는 슬프게도 어른들의 삶이 그대로 투영되어 있다.

1970년대 후반 한국에는 마론 인형 열풍이 불어왔지만,
소꿉놀이 세트도 없는 우리 자매는 마론 인형을 가진다는 것을
상상할 수조차 없었다. 대신 어려서부터 손재주가 좋았던
언니는 나에게 종이 인형을 만들어주곤 했다.
언니가 그려준 종이 인형은 큰 눈과 금발의 곱슬머리,
잘록한 허리를 가진 서양 미녀였다.
우리는 인형에게 1980년대 목동 스타일 대신에
텔레비전으로 만난 서양의 문화를 옮겨 담고는
제니, 애니 등의 영어 이름을 붙여 판타지를 실현했다.
문방구에서 종이 인형을 사게 되면 도화지로 새 옷을
그려주는 건 물론이고 옷장과 침대까지 만들어 갖고 놀았다.
얇아서 곧잘 찢어지는 인형의 목뒤에는
늘 스카치테이프를 붙여두었다.

세계의 장난감 박물관이나 벼룩시장을 다니다보면
다양한 종이 인형을 만날 수 있는데,
나라를 막론하고 형태가 비슷하다.
인형의 역사를 공부하다가 발견한 1700년대의 프랑스 인형이
언니가 어릴 적 만들었던 움직이는 인형과
몹시 비슷해 놀란 적이 있는데, 어쩌면 인류 문화의
발전은 시공을 초월한 보편성이 있는 건지 모르겠다.

장희빈이 인현왕후를 저주하기 위해 인형을 만들었던
것처럼 최초의 종이 인형 역시 주술적인 의식에 사용되었다.
하지만 종이 인형은 이 낭만적이지 않은 역사에도 불구하고
어렵지 않은 제작 방식으로 대공황(1929~1933년)이나
제2차세계대전(1939~1945년) 등의 어려움에도
꾸준히 생산될 수 있었고, 곧 매체의 발전과 함께
문화에 녹아 대중적으로 자리했다. 단순히 옷을 갈아입히는
인형뿐 아니라 붙이고 세우고 돌려서 가지고 노는
종이 장난감들도 다양하게 발전되었다.

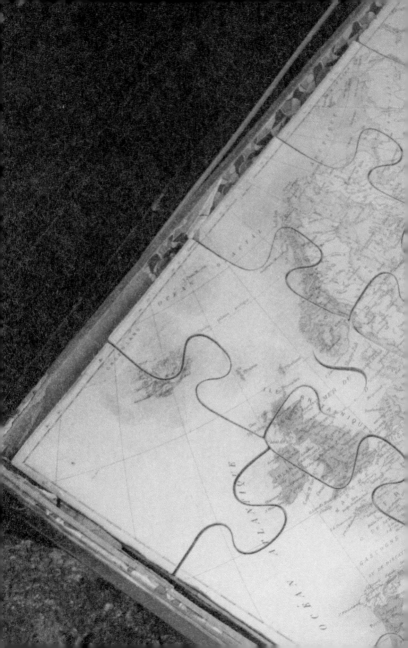

할머니 방에는 벽장이 있었다.

어두운 벽장 안, 쌓여 있는 이불 틈새에 들어가 앉아 있으면

그렇게 아늑할 수가 없었다.

몸에 맞는 박스가 생겨도 어김없이 그 안에 들어갔다.

엄마가 냉장고 박스에 창문이라도 잘라주면

나는 세상에서 가장 행복한 집주인이 됐다.

여섯 식구가 북적이는 집안에서 할머니의 잔소리도,

동생의 칭얼거림도 없는 나만의 공간이 참 좋았다.

빈 상자만 생기면 인형에게도 집이나 침대를 만들어줬다.

내가 어딘가에 들어가 마음의 안정을 찾았던 것처럼

인형에게도 안식처가 필요하다고 생각했던 것 같다.

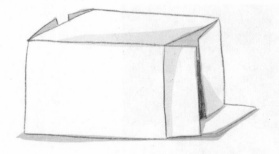

인형의 집은 16세기 유럽 상류층의 과시용 수집품이었지만
시간이 지나며 자연스럽게 아이들을 위한 놀이로 자리잡았다.
유럽 인형의 집은 고풍스러운 당시 주택 문화를
그대로 표현하고 있는데 특히 부엌은
그 정교함에 입이 떡 벌어진다.
찬장, 벽난로, 아름다운 무늬의 식기들, 식탁, 레이스,
티세트 등이 거의 그대로 재현되어 있다.
한국에서 초기에 제작되었던 플라스틱 인형의 집은
필통 같은 뚜껑을 열면 화장대나 옷장으로 변신하는 식이었다.
그리 낭만적인 디자인은 아니었지만 친구들에게
우쭐대기에는 충분했다.

WHOO WHOO

Lo

일곱 살 크리스마스이브에 언니가 청천벽력과 같은 말을 했다.

'사실 산타는 없어. 엄마가 산타야.'

나는 다음 날 머리맡에 놓인 마론 인형의 옷과 신발 세트를 보고
산타가 없다는 사실에 동의할 수밖에 없었다.

정말 산타라면 마론 인형이 없는 어린이에게
이런 선물을 줄 리가 없으니까.

나는 산타가 없다는 사실보다는 나에게 무심한
산타의 선물에 큰 충격을 받았다.

하지만 문제집을 받고 울상이 된 언니보다는 내가 훨씬 낫다고
생각했다. 그리고 나에게도 산타의 비밀을 폭로할
남동생이 있다는 사실에 큰 위로를 받았다.

엄마가 사준 마론 인형의 액세서리 세트는 미미의 것이었다.
미미는 1983년 탄생한 아름답고美 아름다우라는美 의미의
이름을 가진 대한민국 최초의 패션 인형이다.
당시 아이들은 미미에게 팬레터를 보낼 정도로
이 늘씬한 인형에 열광했다고 한다.
통통한 봉제 인형을 등에 업고 엄마 놀이만 하던
한국의 아이들에게 갈아입힐 수 있는 화려한 드레스와
다양한 액세서리를 가진 미미는 문화 충격으로 다가갔다.
아이들은 패션이라는 영역에 눈을 뜨며 인형 하나만으로
만족할 수 없게 되었고 더 예쁜 옷, 더 다양한 액세서리에
욕심을 냈다. 부모들 입장에서 보면 지갑을 열게 만드는
요물과 같은 존재였겠지만, 한 장난감이 다양한 아이템을
가질 수 있는 이 패션 인형의 등장은 장난감 발전의
새로운 전환점이기도 했을 것이다.

바비Barbie 인형은 마론 인형을 대표하는 인형으로
1959년 미국의 마텔 사에서 처음 만들어졌다.
줄무늬 수영복을 입은 최초의 바비는 당시 보수적이었던
미국 문화에 충격을 주며 전 세계적으로 돌풍을 일으켰다.
우리나라의 미미 역시 바비의 영향을 받지 않았다고는
말할 수 없을 것이다.

'마론 인형'의 어원이 궁금해 찾아보다가 '마론'은
우리나라에서만 사용하는 단어라는 재미있는 사실을 알았다.
국어사전에도 없는 '마론'에는 검증되지 않은 몇 가지 설이 있다.
하나는 모델Model의 영어 발음인 마들[maːdl]에서,
다른 하나는 프랑스어로 '밤' 혹은 '밤색'이라는 뜻의
마롱Marron에서 유래되었다는 것이다. 또다른 하나는
완벽한 몸매와 얼굴을 가진 '마론'이라는 미스 유니버스가 나온 후,
바비 인형에게 '마론을 닮은 인형'이라 부르다가 '마론 인형'이
되었다는 설이다. 확인을 위해 미스 유니버스 홈페이지에
들어가보니 마론과 가장 비슷한 이름으로 1961년에 당선된
마를린 슈미트Marlene Schmidt를 찾을 수 있었다.
당시 한국 매체에 소개되었는지 확인할 수는 없지만
미국에서 바비 인형이 처음 만들어진 것이 1950년대 후반이니
꽤 가능성이 있다고 생각한다. 당사자인 마를린이
이 사실을 알면 얼마나 기뻐할까?

무심한 산타의 오명을 씻기 위해 엄마는 나를 데리고
동네 문방구에 가서 미미를 사주셨다.
당시 바비 역시 선풍적인 인기를 끌고 있었지만,
동양인에 익숙한 나에게 바비는 조금 징그러워 보였다.
무릎과 팔꿈치가 자유롭게 꺾이는 바비와 달리
당시의 미미는 관절을 꺾지 못해
'앞으로나란히'밖에 하지 못했다.
바비 인형이 갖고 싶었던 언니는 나의 선택을 아쉬워했다.

후에 엄마는 인형을 사주려던 계획이 있었기 때문에
인형 액세서리를 먼저 선물한 거라고 말씀하셨지만,
그것이 사실이라도 속 깊음 따위 모르는
일곱 살 아이의 상처는 서른이 넘어서도 아물지 않는다.
내 뒤끝도 참 어지간하다.

사실 바비 인형 이전에도 패션 인형은 많이 있었다.
1939년 영화 〈바람과 함께 사라지다〉가 크게 히트를 치며
그해 12월 마담 알렉산더는 영화의 주인공인 스칼렛 오하라를
인형으로 만들었다. 인형으로 만들어진 최초의 영화 캐릭터이기도 한
스칼렛 인형은 다양한 컬러와 섬세한 바느질로 지어진
수백 벌의 의상으로 스칼렛 라인을 구축하고 있으며
아직까지도 수많은 마니아들에게 사랑을 받고 있다.
비비안 리의 날카로운 아름다움이 표현되지 않은 것 같아
개인적으로 좋아하는 인형은 아니지만,
드레스와 소품들이 아기자기해서 재미있다.

초등학교 고학년이 된 언니가 학업으로 바빠지고
나의 친구는 동생이 되었다.
떼쟁이 남동생은 누나들과 달리
나름대로 장난감 컬렉션을 가지고 있었다.
플레이 모빌이나 레고 등의 크고 작은 블록,
자동차나 비행기 등의 온갖 탈것들,
장난감 병사, 총 등의 전쟁 무기와
남자아이라면 누구나 열광하던 변신 로봇,
나 역시 심취했던 조립식 장난감 등이었다.

내가 언니와 함께 인형 옷을 갈아입히고
모래로 밥을 짓는 등 엄마의 행동을 흉내낼 동안
동생은 동네 친구들과 칼싸움을 하거나 딱지를 치는 등
무언가 '이기는 게임'에 집중했다.
이제 시커먼 어른이 된 동생은
컴퓨터 앞에 앉아서 총을 난사하거나
스포츠로 승부를 가르는 비디오 게임을 즐긴다.
남자들의 흥밋거리가 나이가 들어도
대체로 탈것과 싸우는 것의 범위를 크게 벗어나지는 않는 걸 보면,
남자는 여자와는 분명 다르게 만들어진 것 같다.

동생이 원하는 것을 쟁취하며 자랐다는 것은
1980년대 중반의 한국이 발전했다는 이야기이기도 하다.
전쟁을 겪었던 나라가 대부분 그렇겠지만,
한국의 역사 또한 아이에게 너그럽지 않았다.
조선 말기의 혼란과 일제강점기의 탄압으로
유교 문화 아래에서 명목을 지키던
전통 장난감마저 쇠퇴하고 말았다.
동서양을 막론하고 전쟁 혹은 계급이 있던 때의 아이들은
밭이나 공장에 나가 일해야 했다.
일제 치하의 할머니가, 한국전쟁을 겪은 아빠가
장난감을 가질 수 있었을까.
피난 가정에서 자란 엄마 역시 장난감을 가지고 놀 여유는
없었을 것이다. 몇 부자들을 제외하고 우리 부모님들은
생존과 싸우며 성장했고 결혼 후에는 자식들을 위해 희생했다.
그렇기에 긴 장난감의 역사에도 불구하고
한국에서는 1970년대에 태어난 내가
보편화된 장난감의 1세대가 아닐까 싶다.

엄마가 직접 손으로 만들어주는 봉제 인형,
아빠가 나무로 만들어주던 목마나 썰매…….
장난감의 역사는 꽤 잔인했지만,
그 가운데에서도 살아남았던
장난감 속에는 부모의 사랑이 담겨 있었다.
그렇기에 장난감은 역사가
보여주는 굵직한 사건들에 맞추어
자연스레 발전할 수 있었다.

나는 드센 할머니와 무뚝뚝한 아빠, 끊이지 않는 제사로
언제나 바쁜 엄마가 있는 대식구의 종갓집이자
전형적인 한국의 가정에서 삼남매의 둘째로 태어났다.
때문에 별다른 장난감은 없었지만
매일 피 터지게 싸우던 언니와 남동생,
온 사방이 놀 천지였던 뒷산이 있었던 덕분에
꽤 풍족한 유년을 보냈다.

그럼에도 옆집 아이의 소꿉놀이 세트는 언제나
나를 가난하게 만들었다.
자연과 가족이 미처 다 채워주지 못한
아이의 물욕이 아직도 떠오르는 걸 보면
그곳에 머문 채 도무지 자라지 않는 내 서글픔이 안쓰럽기도 하다.
나는 이제 어른인데.

미국 장난감의 역사

◆ 1920년대에 생산된 페달 자동차

당대 대표적 자동차인 캐딜락Cadillac과,
맥 트럭Mack Trucks 등을
모델로 한 페달 자동차가 인기를 끌었다.

1920년대는 과학자들이 상상하던 것들이 현실로
일어나던 때였다. 각각 다른 장소에 있는 사람들이
라디오를 통해 같은 음악을 듣거나,
다 같이 극장에 모여 영화를 보는 꿈같은 일이 펼쳐졌다.
아이들의 장난감도 이러한 현실을 반영하며
대중적으로 발전하기 시작했다.
남자아이들을 위한 장난감 자동차와 비행기,
여자아이들을 위한 인형이 생산되었다.
전쟁 발발로 생존의 어려움을 겪던 유럽과 달리
미국은 제1차세계대전(1914~1918년) 이후
무기 등의 생산으로 엄청난 발전을 이루고 있었다.

◆ 1930년대에 생산된 흔들 목마

목마의 역사는 그 이전으로 한참 거슬러올라갈 정도로
오래되었으며 세대를 뛰어넘어 사랑을 받고 있다.

1930년대에는 대공황이 찾아왔다.

비싸고 새로운 장난감을 찾는 것은 사치였다.

하지만 기업들은 저렴한 장난감을 개발하며

다양한 마케팅으로 소비자들의 마음을 흔들었다.

부록을 끼워넣거나 제작비가 적은 장난감을 생산해 돈을 벌어들였다.

당시에는 제작이 쉬운 모노폴리나 낱말 맞추기 등의

보드게임이 많이 생산되었다.

◆ 1940년대에 생산된
페달 비행기Sidewalk Pedal Plane

전쟁의 영향으로 비행기 모형 등이
아이들에게 관심을 끌었다.

1930년대 후반 제2차세계대전이 일어나며
미국에서는 무기를 생산하며 공장을 통한
대량생산이 일반화되기 시작했다.
장난감도 예외는 아니어서 지난 몇 십 년간의 성장을
바탕으로 더욱 전문화된 마케팅을 하게 되었다.
장난감은 아이들에게 친밀도를 높이며
더욱 간단하고 흥미롭고 저렴해졌다.

◆ 토니 인형Toni Doll

머리를 감길 수 있다는 콘셉트로 아이들의 마음을
빼앗은 토니 인형. 14, 16, 21인치 등
다양한 크기로 생산되었다.

1950년대에는 베이비 붐이 시작되며 장난감 생산이
급증했다. 삶이 안정되며 아이들은 본격적으로
어른들의 삶을 모방하기 시작했다.
여자아이들은 주방 세트와 패션 인형으로,
남자아이들은 우주여행이나 카우보이 등으로
자신들의 판타지를 실현시켰다.
삶의 여유가 생기며 가족끼리 할 수 있는 보드게임도
아주 빠른 속도로 확산되었다.
경제적인 여유가 생기자 사람들은 대부분 텔레비전을
구매하게 되었고 자연스럽게 장난감 마케팅은
텔레비전 광고로 이어졌다.

♦ 비틀스 보드게임The Beatles Board Game

당시 최고의 인기를 누리던 밴드 비틀스를 모델로 한
보드게임이 출시되기도 했다.

1960년대는 미디어의 발달로 믿을 수 없을 만큼
빠른 속도로 변화했다. 단순히 만화나 영화 캐릭터에
그치지 않고 정치적, 사회적 이슈들이 장난감에 반영되었다.
1960년대를 미국 장난감의 부흥기로 보기도 한다.

◆ 무전기 세트

종이컵에 실을 연결해 전화기 놀이를 하던 시대는
이미 끝났다. 기술의 발전으로 장난감의 영역은
한층 더 발전되었고 아이들은 조금 더 흥미진진한
놀이를 즐길 수 있었다.

어느 순간부터 장난감은 실생활에 깊숙이 자리잡으며
그 의미를 확장해가고 있었다. 1950년대에 시작된
훌라후프Hula hoop나 프리스비Frisbee와 같은 놀이가
생활 속으로 밀접하게 들어왔다.
기업은 사람들의 구미에 맞도록
이를 장난감의 영역을 벗어난 스포츠의 영역으로 발전시켰다.
보드게임은 유아의 교육용 교구로 변형되어 발전하기도 했다.

무엇보다 장난감의 영역을 확대시킨 가장 대표적인 매체는
컴퓨터이다. 컴퓨터의 발달로 사람들은 누군가와 함께해야
했던 라이벌 게임을 혼자서 할 수 있게 되었다.
현실에서나 있을 법한 일들을 게임으로 만들어 즐길 수
있게 되는 혁신이 시작된 것이다.

◆ 양배추 인형

양배추 인형은 독특하게도 얼굴 모양, 눈의 모양과 색깔,
옷의 옵션 등이 모두 달랐다. 게다가 각각의 양배추 인형은
출생증명서까지 가지고 있었다고 하니 이만큼 자신을
드러내기에 좋은 장난감도 없었던 것 같다.

1980년대는 양배추 인형의 시대라 해도 지나치지 않다.

1983년 크리스마스 시즌에 미국 전역에서는 부모님들이

양배추 인형을 찾아 온 천지를 돌아다녔다고 한다.

선풍적인 인기를 끈 가장 큰 이유는 각각의

인형이 가진 개성 때문이었다. 풍족한 삶을 영유하면서

'저 아이가 가지고 있는 것을 나도 갖고 싶어'라는 마음이

'저 친구랑은 다른 걸 갖고 싶어'로 변한 것이다.

사람에게는 누구나 개성을 드러내고 싶은 본능이 있기에,

일단 주린 배를 채우고 나면 남다르고 멋있어 보여야 하는 것은

당연한 일이었다.

1990년대 이후로 경제가 발전하고
맞벌이 가정이 늘어남에 따라,
아이들과 시간을 함께 보내지 못하는 부모들은
그 빈자리를 장난감으로 채워주려 했다.
마케팅이 매년 정점을 찍으며 더 크고
더 비싼 장난감들이 쏟아져나오기 시작했다.
여성의 사회적 역할이 늘어감에 따라
성性 중립적인 장난감들이 생산되었고,
세계의 경계가 무너지면서 인류와
문화의 다양성이 장난감에 드러났다.
더이상 발전할 수 있을까 싶을 정도로
상상을 뛰어넘는 기술이 개발되며
언제부터인가 친구와 장난감이 있던 자리는
컴퓨터와 스마트폰이 대신하고 있다.

낭만이 있던 자리를 기술이 가득 채운 뒤,
사람들은 혼자이길 원하면서도
오롯이 혼자이긴 힘들어하는
슬프고도 재미있는 현상이 일어나고 있다.

epilogue #1

우리는 목동에서 역삼동으로 이사했다.
의리를 지킨다며 오랜 기간 무보수로 다니던 아빠의 회사는
부도가 났고, 망한 회사의 회장은 빈털터리가 된 아빠에게
아들이 이혼해 비어 있는 집이 있다며 들어가 살 것을 권했다.
역삼동 집은 으리으리했다.
대문을 열자마자 보이는 돌계단을 오르면
너른 잔디 위에 테라스가 세 개나 있는 이층집이 있었다.
방이 일곱 개, 화장실은 세 개나 되었다.
당시 유행하던 짙은 월넛 색깔의 고급 가구도 그대로 있었다.
이왕 부잣집에 입성했으니 부자인 척하면서 살아도 좋았을 텐데.
우리 여섯 식구는 화장실이 딸린 큰 방 한 칸을 골라
그곳에서 함께 생활했다.
언니와 내가 쓰던 이층 침대와 아빠의 낡은 책상을
방 한 쪽에 갖다놓았다.

어느 날 저녁, 삼남매가 소파에 쪼르르 앉아
만화책을 보고 있을 때 다용도실에서 빨래를 하던
엄마의 비명이 들려왔다. 그리고 잠시 후 하얗게 질린 엄마와
엄마를 향해 총구를 겨눈 검은 옷의 남자가 나타났다.
역삼동의 대저택에 강도가 든 것이다.
강도는 엄마와 우리 셋을 방으로 몰아넣고는
줄을 잡아당기며 불을 껐다 켰다를 반복했다.
하얀 불, 빨간 불, 컴컴한 어둠이
딸깍딸깍 소리에 맞춰 왔다갔다했다.
누구냐고 묻는 나에게 엄마는 '전기 고치러 온 사람'이라고 말했다.
야심차게 총까지 준비해 침입한 강도의 심정은 말이 아니었을 거다.
거대한 이층집에 있는 거라곤 방 한 칸에 꾸역꾸역 모여 사는
이상한 가족과 어설픈 짐 보따리뿐이었으니. 그나마
값나가는 물건으로 나온 것은 할머니의 금비녀가 고작이었다.
허탈해진 강도는 금비녀 하나를 챙기고는 경찰에 신고하면
아이들을 죽여버리겠다는 협박을 하고 사라졌다.

다음날 장독대 부근의 담에 찍힌 남자의 커다란
발자국이 기억난다. 엄마의 가짜 보석을 들고
화를 내던 강도가, 금비녀를 도둑맞았다고 두고두고
엄마를 원망하던 할머니의 푸념이,
그 강도가 정말 미남이었더라는, 그 총이 장난감 같았다는
엄마의 말이 기억난다.
장난감이든 아니든 고맙게도 남자는 방아쇠를 당기지 않았다.
우리 가족은 아무도 다치지 않았다.

어릴 적엔 어른이 되는 것이 그렇게 싫었는데
막상 어른이 되니 생각보다 나쁘지 않다. 마음의 시간이
몸을 따라가지 못해서 성인의 얼굴과는 어울리지 않게
언제나 성장통을 겪고 있지만, 시간에 순응하며 사는 것이
좋은 삶이라는 것을 이제는 안다.
우리는 다시 잠실로 이사했다.
버스를 타고 초등학교에 다니는 것은 쉽지 않았지만
어딘지 모르게 어두컴컴하던 역삼동을 벗어나는 것은
반가운 일이었다. 잠실에서의 시간 또한 만만한 것은 아니었지만
행복한 일들도 많았다. 나는 언제 어디서건 조금은 불행했고
조금은 행복했다. 지금 이 순간을 썩 괜찮은 추억으로
간직할지 기억에서 지워버릴지는 언제나
나의 선택에 달려 있었다.

초등학교 4학년 때 엄마가 시장에서 사온 길쭉한
빨간 쿠션을 어른이 되어서도 매일 밤 끌어안고 잤다.
대학을 졸업할 때까지 내 침대 머리맡에는 늘 인형이
한 무더기 쌓여 있었다. 여섯 살 처음으로 이름 붙인
말 인형 '비비', 오토바이 뒷자리에 나를 태워 동네를 달리곤 했던
외삼촌이 사준 큰 곰 인형 '체키', 꼭 안아주면 기괴한 울음을
내던 코끼리 '아나주', 내 용돈으로 처음 산 물개 '쳉크'…….
내 가장 친한 친구였던 언니가 어린 나이에 미국으로 가버리고
난 후, 인형이 생기면 이름을 하나하나 붙여주며 친구 삼던
시간이 있었다. 가끔 때가 꼬질꼬질한 그 인형들이
가슴 저리게 그리운 순간들이 온다.
어른이 되니 무엇이든 추억할 어린 시절이 생겨서 참 좋다.

두번째 토이…… 에든버러

에든버러가 좋았다.

아름다운 건물도 스산한 날씨도 좋았다.

대학원생들에게 주어지는 스튜디오와

배울 것이 많은 수업도 최고였다.

늘 돈이 없었고 그래서 원하는 것을

다 갖지 못했지만 그래도 괜찮았다.

매일 오전 다섯시에 백화점 청소를 하기 위해

불과 1미터 앞을 가로막는 새벽안개를 헤치며

걷는 기분도 꽤 괜찮았다.

시급이 짭짤해 다음 학기 학비를 충당할 수 있어 좋았다.

언젠가는 끝날 학생 시기임을 알았기 때문에

그 시간을 원망할 틈이 없었다.

미국에서 대학을 마친 언니가 그랬다.

"가난해서 군것질을 할 수도 없었고 부족한 영어를 따라가기 위해
침대에서 자본 적도 없지만 유학 생활은 내 인생 최고의 기회였어.
그대로 한국에 있었다면 난 아마 제도권의
꿈 없는 바보로 자랐을 거야."

언니의 말이 주문이 되었는지 나에게 닥친
모든 일이 꽤 괜찮은 기회처럼 느껴졌다. 아닌 게 아니라
온전한 자립이 주는 의미는 패나 컸다. 밥을 짓고 변기를
청소하고 룸메이트와의 관계를 조율하는 것 등을 스물 중반이
넘어서야 배우고 있었으니 한심하기 짝이 없는 일이었지만,
뒤늦은 성장이 가져온 통증마저 감사할 정도로
매일을 열심히 살았다.

내가 살던 집은 에든버러 축제가 열리는 로열마일Royal Mile
한가운데에 있었다. 데콘 브로디Deacon Brodie's Tavern라는
유명한 펍이 있는 건물로 500년이 넘은 고택이었다.
시티센터에 위치해서 조금 비싸긴 했지만,
학교에 가는 교통비를 절약할 수 있었다.
방은 하나였지만 거실에도 문이 달려 방처럼 쓸 수 있었기 때문에
나는 거실을 사용하고 방은 세를 놓을 심산으로 그곳으로 이사했다.
세월을 입어 이끼가 낀 외벽뿐 아니라
오래된 고가구가 있는 집 안은 낭만 그 자체였다.
게다가 전 세계의 예술인들이 모여 거리 공연을 펼치는
에든버러 축제가 열리면 그 시끌벅적한 광경을
창문 너머로 볼 수 있었다. 영국식 창틀에 앉아 관광객들을
내려다볼 때마다 혼자 우쭐해지곤 했다.

아일랜드 출신인 집주인 조지 헌터는 정년을 앞둔 마음씨 좋은
소방관이었다. 에든버러 외곽에 살며 종종 나에게 연락해
친구들을 소개해주거나 아이리시 펍에서 맥주를 사주었다.
억양이 센 아이리시 사투리는 영어에 서투른 내가 알아듣기에
쉽지 않았지만 조지의 이야기는 언제나 재미있었다.
평화로운 에든버러에서 소방관으로 사는 이야기,
식물인간 남편을 둔 여자 친구 이야기,
휴가철마다 다니는 세계 여행 이야기.

로운마켓Lawnmarket 435번지에서의 시간을 위해
하나하나 짐을 풀기 시작했다.

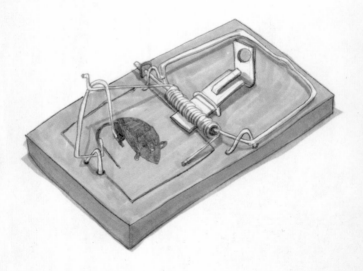

꽤 오래 빈집이었던 401호에는 사람을 두려워하지 않는
작은 쥐들이 밤마다 출현했다. 쥐덫을 놓아봤지만
다음날 아침 쇠 덫에 허리가 잘린 피투성이의 쥐를 치우는 것은
더욱 끔찍한 일이었다. 혼자 보내는 매일 밤이 두려워
빈방에 세입자가 들어오기만을 간절히 바랐다.

결국 나는 조지에게 쥐에 관한 이야기를 할 수밖에
없었고 조지는 '마우스 헌터'를 불러주었다.
마우스 헌터라니. 이 세상에 동화책에나 나올 법한 직업이
존재한다는 것이 신기했다. 긴 엽총이나 신기한 기구들을
몸에 주렁주렁 달고 오는 건 아닐까 별의별 상상을 불러일으킨
사나이는 그 직업만으로 나를 흥분하게 했다. 하지만 헌터는
허름한 옷차림에 작은 통 두어 개만을 들고 나타났을 뿐이다.
게다가 거창한 이름과는 달리 온 집 안의 크고 작은 틈새들을
실리콘으로 하나하나 메우는 시시한 작업을 하고 있었다.
무언가 과학적이거나 주술적인 과정을 기대했기에
조금 실망했지만 신기하게도 이 허접한 과정을 거치고는
더이상 쥐가 보이지 않게 되었다. 외로웠던 쥐와의 싸움은
마우스 헌터가 구멍을 막음으로써, 또 새로운 플랫메이트_{flat mate}
자우가 입주함으로써 끝이 났다. 자우는 심령, 미스터리,
유에프오 등에 관심이 많은 일러스트레이터였다.
자우가 그 집에 처음 온 날, 눈이 흔하지 않은 에든버러에
마치 그녀가 몰고 온 것 같은 눈보라가 휘몰아쳤다.

이안과 앤드류 형제는 어느 선교사 분이 주최하는

성경 모임에서 만났다. 중국인 어머니와 아이리시 아버지 사이에서

태어난 혼혈로, 배우 키아누 리브스를 닮은 외모와

훤칠한 키를 자랑하는 형제였다.

나를 지극정성으로 돌봐주시던 선교사 부부의 명령 아닌 명령으로

심성 고운 이안과 앤드류 형제는 물심양면으로 나를 도왔다.

쥐의 사체를 치워야 할 땐 근처에 사는 형 이안에게 전화를 했었고

논문 교정이 필요할 때엔 앤드류에게 도움을 요청했다.

새로운 룸메이트 자우가 에든버러 공항에 도착한다는 소식에

이안이 데리러 나갔고 그녀의 영어 선생님 역할은 앤드류가

맡아주었다. 두 형제는 나를 데리고 등산을 가기도 했다.

나무가 없는 스코틀랜드의 산은 한국 산에 비하면

정말 볼품없었지만 경사가 없는 편이라 오르기 쉬웠다.

나는 좋아하는 흙냄새를 실컷 맡을 수 있어서 행복했다.

어느 날 나를 데리러 온 이안 차에 타려 조수석 문을
열었을 때 그가 정색을 하면서 말했다.
"옆에 앉았다가 한 공동체에서 이성의 마음이 생기면 곤란하다"며
뒷좌석에 앉으라고 한 것이다.
이안은 보수적인 그의 신앙관을 내세웠지만
나에게 의미심장한 경고를 하는 건 아닐까 생각했다.
조수석은 비워둔 채 사장님처럼 뒷자리에 앉아 가면서
'나 너한테 관심 없다고!'라고 외치고 싶었다.

학교는 낭만적이고 아름다운 곳이었다. 파인아트 전공실은
창의력 있는 학생들의 예술혼으로 활활 불타올랐다.
디자인과의 대학원생들에게는 수준 높은 스튜디오가
제공되었다. 외부에서 초빙되는 튜터들은 이름만 들어도
알 수 있을 만큼 세계적으로 유명한 작가들이었다.
교수들 역시 모두 영국에서 활발하게 활동중인 작가들이었지만
학교 안에서만큼은 철저하게 학생을 위해 고용된 사람들일
뿐이었다. 학교와 그 안에 있는 모든 것은 학생을 위해
존재했다. 대학원생에게는 그 학교의 모든 수업을
들을 수 있는 특혜가 주어졌고 덕분에 나는 소원이었던
판화를 배울 수 있었다. 실크스크린, 석판화, 에칭 등을
배웠는데, 큰 앞치마를 두르고 몸에 약품 냄새를 가득 묻히며
작업하는 거대한 스케일에 완전히 매료되어 파인아트를
전공하지 않은 것을 후회했다. 아트북 프로젝트에 참가했다가
학교 대표로 뽑혀 런던 현대미술관에서 전시를 했을 땐
북 아티스트가 될까 고민하기도 했다. 작업하는 모든 것이
즐거웠다는 이야기다. 배우는 모든 것이 다 내 것만 같았다.

해가 뜨는 날이면 작은 캠퍼스의 잔디밭은 일광욕을 즐기는 선남선녀들로 가득 찼다. 영국 북부라 그런지 하얗고 키가 큰 사람들이 많았는데 비너스와 쥴리앙이 사람이 되어 걸어 다니는 것 같아 나오는 다른 세계의 생명체 같다는 생각을 종종 했다. 미술대학이다보니 학생들이 옷을 입는 센스도 남달랐다. 패션에 관심이 많았던 자우는 우리 학교에 놀러와 멋진 남자들을 구경하는 것을 즐기곤 했다. 남자들 역시 탐스럽고 치렁치렁한 웨이브 머리의 그녀가 지나갈 때마다 '뷰티풀!' '섹시 이너프!' 등의 감탄사를 내뱉었다.

2층 휴게실은 언제나 시끄러운 음악과 담배 연기가
가득해 잘 가지 않았다. 당구대는 골반을 드러낸 몸매 좋은
여학생들 차지였다. 그 옆 담배 자판기에는 담배를 사려는
학생들로 줄이 길었다. 영국 담배는 한 갑에 만 원 가까이 했기
때문에 애연가들은 주로 말아 피우는 담배를 피웠다.
쭈그리고 앉아 담배를 마는 모습이 꽤 궁상맞아 보였는데
유학생들은 이것이 영국의 낭만이라고 했다.
나는 비흡연자였지만 비가 멎고 차가운 흙냄새가 올라올 때
스쳐지나가는 담배 연기를 좋아했다. 영국 냄새 같았다.

1층에 있던 칸틴의 메뉴는 대부분 맛있었다. 구운 번에
닭 가슴살을 끼운 샌드위치를 즐겨먹었다. 샐러드 바에
코티지 치즈와 꾸스꾸스가 나오면 특별히 더 행복했다.
매일 바뀌는 메뉴를 고르며 샐러드 바를 이용하는 것은
꽤 큰 즐거움이었다. 창가에 앉아 싸구려 티백으로 우려낸
밀크티와 함께 먹으면 더할 나위 없었음은 말할 것도 없다.
학교는 낭만적인 모든 것을 갖추고 있었지만
정작 나의 학교생활은 그다지 낭만적이지 않았다.
나는 친구가 없었다.

열두시가 되면 한 공간에서 그림을 그리던 홀리, 에이미,
제시카는 자기들끼리 밥을 먹으러 갔다.
나는 오전에 칸틴에서 사온 샌드위치를 꺼내어 우걱우걱
섭으며 계속 그림을 그렸다. 학기 초부터 나에게 아무도
인사를 하지 않았고 용기를 내어 건넨 나의 인사에
아무도 대답을 하지 않았다. 개인 포트폴리오와 작업 계획을
발표하는 전체 세미나 이후로 다른 과 학생들은 나에게
호기심을 가지며 친절해진 반면, 같은 일러스트레이션을 하는
이들은 내가 자리를 비울 때마다 내 자리를 뒤져
그림 재료들을 헤집어놓을 뿐이었다.

어느 날 에이미와 단둘이 스튜디오에 있을 때 용기를 내어 물었다.

"혹시 인종 차별을 하는 거야?"

"어머나 인종 차별이라니 무슨 소리야. 동양인이 너 하나라고

그렇게 생각하는 거야? 우린 그냥 널 무시하는 것뿐이야."

에이미는 'racist(인종 차별주의자)'라는 단어에 파르르 떨며

불쾌해했다. 자신들이 하는 건 'ignore(무시)'일 뿐이라고.

그날 들었던 ignore라는 단어가 내 가슴에 박혔고, 그후로는

나도 그들을 함께 무시했다. 학교생활은 평화로웠다.

나는 그림을 그리는 것 외에는 아무것도 애쓰지 않았고

아무것에도 상처받지 않았다. 필요한 것이 있으면

교수님을 찾아가거나 옆 스튜디오 학생에게 묻곤 했다.

월요일부터 금요일, 새벽에는 백화점에서
전신 거울 60개를 닦고 바닥을 청소했다.
아침을 먹고 학교에 가서는 온종일 그림을 그렸다.
토요일엔 성경 모임에 나가거나 도서관에 가서
논문 작업을 했다. 매일 매일이 빠듯한 일과 속에서
매주 일요일 자우와 함께했던 벼룩시장 나들이는
나에게 커다란 선물이 되었다.

매주 일요일 에든버러 로열마일 초입의 거대한 창고에서는
벼룩시장이 열렸다. 벼룩시장 입구에는 'Car Boot Sale'이라고
적힌 노란 표지판이 걸려 있었다. 유럽에서 벼룩시장은
우리가 흔히 쓰는 플리마켓Flea Market보다는
카부트세일Car Boot Sale로 많이 불린다. 부트Boot란
자동차 트렁크라는 뜻으로 시장에 가면 트렁크 문을 열고
장사를 하는 사람들을 쉽게 볼 수 있었다. 몇 백 년이 된
골동품을 파는 사람들도 있었고, 낡은 생활용품을 되파는
사람들도 있었다. 자우와 나는 한 주도 빠지지 않고
벼룩시장에 가서 홈 메이드 바나나 머핀을 사 먹었다.
처음에는 그저 머핀이 좋았고, 유럽의 냄새가 물씬 나는
그곳이 신기했다. 우리는 10펜스, 50펜스짜리 물건들을
사 모으느라 정신이 없었다. 가난한 유학생의 신분을
잊지 않으며 아무리 마음에 들어도 물건당 3파운드는
넘기지 않으려 애를 썼다.

£1 Each

164

자우가 오기 전, 혼자 벼룩시장에 갔다가 처음으로
산 것은 50펜스짜리 낡은 펠트 인형이었다. 재질로 봐서는
골동품도 아니고 바느질도 어설프기 짝이 없었다.
누런 펠트 두 장을 앞뒤로 붙여 단추 두 개를 달아놓고는
나일론 리본을 묶었을 뿐인데 어쩐지 매력적이었다.
'어린 왕자'라는 이름을 붙여주고 부적처럼 책상 앞에
세워두었다. 우울하게 생긴 이 인형을 볼 때마다
어쩐지 나를 보는 듯한 생각이 들어 괜스레 짠해지곤 했다.

두번째로는 카리스마 있는 아이라인을 뽐내던
연필꽂이를 샀다. 레이스가 달린 빨간 옷을 입은 걸
봐서는 광대일지도 모르지만 나는 이 연필꽂이를
'남작님'이라 불렀다. 남작님이 깨졌을 때
조각의 단면을 확인하게 되었는데 놀랍게도 종이였다.
맨질맨질한 연필꽂이의 표면을 아무리 두드리고
만져봐도 종이라는 느낌이 들지 않지만
딱풀로 조각을 다시 붙였어도 잘 붙어 있는 것을 보면
종이가 맞는 것도 같다.
몇 년 전의 제품이기에 이런 재질로
만들어진 건지 참 궁금하다.

자우와 나는 경쟁적으로 장난감을 모았다.

평소에는 관심도 없던 것들이 자우가 사면 예뻐 보였다.

아마 자우도 그랬던 모양인지 내가 브러시를 사면

자우가 브러시를, 자우가 목마를 사면 내가 목마를,

내가 인형을 사면 자우가 인형을, 자우가 책을 사면

나도 책을 따라 샀다.

내 책상을 깨끗하게 치워주던 공작부인 브러시를
탐내던 자우는 어느 날 벼룩시장에서
같은 용도로 브러시를 구입했다. 내 브러시는
석고로 만들어져 잘 깨지고 거친 솔을 가진 반면
자우의 브러시는 단단한 몸과 부드러운 솔을 가지고 있었다.
워낙 물건을 험하게 다루는 터라 내 공작부인의 코는
사라진 지 오래지만 자우의 그녀는 아직도
고운 자태를 지니고 있다고 한다.

잦은 이사로 목이 부러져 본드 칠을 한
나의 목마와 번쩍이는 자우의 목마.
내가 목마에 큰 애정을 주었던 것과 달리
자우는 목마에는 별 관심이 없었다.
그녀는 귀여운 것들보다는
조금 더 기괴한 장난감을 좋아했다.

어느 날 자우가

눕히면 눈을 감는

징그러운 인형을 사왔다.

뭐 이런 걸 사느냐 해놓고
나는 더 징그러운 인형을
사버리고 말았다.

심지어는
컬렉션이 생기기도 했다.

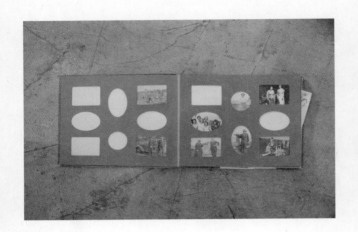

자우는 다른 이들의 삶을 추측하고 이야기하는 것을
좋아했다. 그녀의 이러한 취향을 충족시켜주는
최고의 아이템은 섬뜩해 보이기까지 한 누군가의
오래된 앨범이었다. 어느 날 자우는 영혼이 깃들어
있을 것 같은 오싹함에 끌렸다며 빨간 앨범을 사왔다.
그러고는 멋대로 지어낸 앨범 속 주인공의 음산한 이야기를
들려주었다. 자우의 그럴듯한 이야기가 부러워서
나도 흑백사진이 듬성듬성 꽂혀 있는 앨범을 샀는데
어쩐지 무서워 펼쳐 보지도 않는다.

벼룩시장에서는 어린 시절의《소년중앙》이나《새소년》등을
생각나게 하는 십대들을 위한 잡지와
『보물섬』을 떠오르게 하는 만화책을 쉽게 볼 수 있었다.
분위기는 많이 다르지만 괜스레 반갑고 정겨운 마음에
만화책 두 권을 사왔다.
에든버러 벼룩시장에는 없는 것이 없었다.

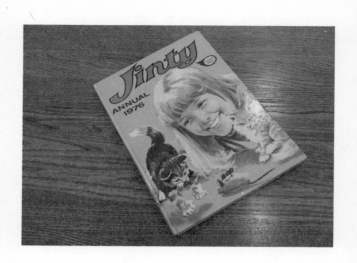

벼룩시장에는 손뜨개 원피스를 입은 작은 마른 인형이
많이 있었다. 흔히 볼 수 있는 인형이 아니라서 꽤 마음에
들었지만 제 다리에 비해 길고 투박한 드레스를 입고 있어
세우기가 어려웠다. 벽난로 위에 장난감들을 하나하나
진열하는 재미를 만끽하던 터라 툭하면 쓰러지는
이 인형은 골칫거리이기도 했다. 어느 날 자우의 방에서
두루마리 휴지 위에 꽂혀 있는 인형을 발견하고서야
키 작은 인형의 드레스가 왜 그리 길었는지 알 수 있었다.
인형이 휴지 덮개로서 역할을 하게 되면서부터는 넘어질
걱정을 하지 않고 벽난로 위에 올려두었다.

쿠웨시는 애니메이션을 전공하는 아프리카 유학생이었다.
한국의 전래 동화를 바탕으로 졸업 작품을 만들 정도로
한국에 대한 관심이 지대했지만 애석하게도
애니메이터로서의 재능은 없어 보였다.
사람들이 한국을 후진 나라로 보면 어쩌나 싶을 만큼
형편없는 작품이었다. 어찌 되었건 쿠웨시의 열렬한
한국 사랑에 감복한 나는 그와 만날 때마다
짧은 한국어 수업을 하곤 했다.

그는 늘 후드를 뒤집어쓰고 다녔다. 흑인이라는 이유로
시비를 거는 사람들과 마주치지 않기 위해서라며
덩치에 어울리지 않게 늘 고개를 푹 숙이고 걸었다.
그러고 보니 런던에서와는 다르게 에든버러에서는
관광객을 제외한 흑인을 보기가 쉽지 않았다.
학교 내 흑인도 쿠웨시 한 명뿐이었던 것 같다.
마음이 아파왔다. 어느 날 수업료라면서
감사의 표시로 준 인형은 몹시 예뻤다.
그가 이 인형처럼 예쁘게 생겼으면 조금 나았을까 하는
별 쓸데없는 생각을 해봤다.

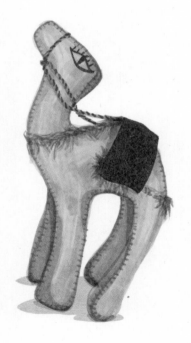

남의 눈에 쓰레기 같아 보일지라도 나의 컬렉션들은
대부분 신중에 신중을 기한 것들이었다. 10펜스라도
아끼기 위해 고민을 거듭하고 혹여 충동구매는 아닐까
자중하며 큰 시장을 몇 번이고 돌았다. 하지만 무엇에 홀린 듯
구매하고 후회하는 경우도 왕왕 있었는데 정체불명의
낙타도 그중 하나이다. 가죽인지 비닐인지도 모를 재질의
낙타는 네 발로 잘 서 있지도 못 할뿐더러 톱밥이 질질 흘러나와
언제나 애물단지였다. 톱밥은 10년이 지난 지금까지도
나오고 있는데 도대체 그 구멍을 찾을 수가 없다.
슬프게도 낙타는 검은 비닐봉지 안에 들어가 지금까지도
나오지 못하고 있다.

낙타의 저주가 붙었는지 사는 족족 후회하면서도
비슷한 인형을 보면 사들였다.
그후로 산 말들은 다행히 모래가 들어 있지는 않았지만,
낙타와 마찬가지로 툭하면 넘어져
다른 인형들까지 우르르 넘어뜨리기 일쑤였다.

에든버러에서 나는 한 달에 백만 원 정도로 생활했다.

집값은 당시 매달 500파운드였다. 위치에 비해 저렴한데다

동거녀와 나누어 내니 부담스러울 것은 없었지만

250파운드(약 50만 원)를 내고 나면 수중에는 50만 원 정도가

남았다. 스케치북과 물감을 사고 학교 칸틴에서 샌드위치를

사 먹었다. 일요일마다 벼룩시장에서 장난감과 바나나 머핀을

살 돈은 꼭 필요했다. 가끔씩 방문하는 박물관 입장료나

한국에 편지를 보내는 우편비, 전화카드 비용도 생각지 못한

지출에 포함됐다. 여행을 가기 위해 틈틈이 돈을 모아야 했고

꼭 필요한 중고 가전을 사야 할 일도 있었다. 가장 쉽게

먹을 수 있다는 피시 앤드 칩스Fish and Chips도 손을

발발 떨며 제대로 먹지 못했지만 매달 돈이 술술 빠져나갔다.

세인즈버리Sainsbury나 테스코Tesco 등의 대형 슈퍼마켓에
가면 눈이 휘둥그레졌다. 당시 한국에는 대형 마트가 곳곳에
있지 않았기 때문에 동네마다 자리한 대형 슈퍼마켓의
거대함과 처음 보는 갖가지 음식들, 특히 인스턴트 디저트에
환장하지 않을 수 없었다. 장을 보는 것은 언제나
엄청나게 즐거웠다. 우유는 물보다 싸기 때문에 떨어지지 않게
사다놓고 마셨다. 식빵은 저렴한 것을 샀지만 가장 싼 빵에서는
밀가루 냄새가 나서 그것보다는 조금 좋은 것으로 골랐다.
처음 보는 종류의 햄과 치즈, 케이크 앞에서는 침을 뚝뚝 흘렸다.
가끔은 울적하다는 핑계로 진한 인스턴트 초콜릿 케이크를
사다 먹기도 했다. 홍차를 진하게 우려 함께 먹으면 최고의
디저트 타임을 선사했다. 다른 식재료는 무조건 싸구려를 샀다.
우리는 유통기한이 임박하거나 지난 제품을 파는 리듀스reduce
코너를 이용하며 돈을 아끼려 했다. 둘 다 유학생인지라
각자의 경제 수준은 고만고만했었다.

어느 날 자우가 리듀스 코너에서 소고기 한 덩이를 사와
근사한 요리를 만들어주었다. 유학 생활 이후 처음 먹는
스테이크에 기절할 듯이 기뻤다. 소주가 먹고 싶어서
알코올 냄새가 나는 보드카에 물을 섞어 함께 먹었다.
지지리 궁상이었다. 다음날 배탈이 난 것은 말할 것도 없다.
그래도 우리는 꿋꿋하게 리듀스 제품만을 사다 먹었다.
당시 근처에 살던 삼십대의 한국 유학생 언니가 오가닉 제품을
먹어야 한다고 충고할 때에도 이해하지 못했다. 그때는
상한 고기로 인한 병 따위 금세 회복할 수 있을 만큼 어렸으니까.

자우와의 에든버러 생활 중에 절반은 부엌에서 지나간 것 같다.
가끔 오는 손님들이 냉장고를 열어보고 고개를
저을 정도로 개인주의를 지향하며 모든 음식들에 각자의
이름을 써놨지만 사실 우리는 우리의 것을 나누는 데
전혀 인색하지 않았다. 매일 부엌에 앉아 음식을 나누고
시간을 나누었다. 맛없는 음식을 함께 먹고 찌질한 과거를
고백하고 쇼윈도의 예쁜 옷에 대해 이야기했다.
새벽 아르바이트의 고충을 토로하거나 대학원 친구들의
뒷담화를 하며 마음을 달래기도 했다. 부족한 영어로 인한
에피소드를 나누며 킬킬댔다. 시시껄렁한 대화 사이로 쌓이는
우리의 시간은 시시하지 않았다.

자우는 벼룩시장에서 50펜스를 주고 부엌 장갑을 샀다.
국적 불명의 남녀가 한 면씩 프린트되어 있었는데
아깝다고 하면서도 늘 그 장갑으로 냄비와 프라이팬을 집었다.
나는 냄비 받침을 샀다. 모양이 길쭉한 걸로 봐서는
냄비가 아닌 오븐 받침인 것 같았지만 가끔 라자냐를
만들어 먹을 뿐 오븐을 쓸 일은 거의 없었다.

취향이 다른 두 사람이 함께 사는 건 즐거운 일이었다.

자우는 보드게임을 사들이기 시작했다. 보드게임이란 놀이 판과 간단한 도구(말이나 주사위 등)를 이용해 승부를 가르는 놀이를 말하는데 그 역사가 고대까지 거슬러올라간다고 한다.

자우가 처음 사온 것은 'Tail-less Donkey'라는 당나귀 게임이다. 눈을 감고 숫자가 쓰여 있는 당나귀 그림에 압정을 이용해 높은 숫자에 꼬리를 붙이는 사람이 승리하는 단순한 방식이다. 몸에 압정 자국이 많지 않은 것으로 봐서는 주인이 쉽게 질린 듯한데 아닌 게 아니라 해보고 싶지도 않을 정도로 재미없어 보였다.

유럽 최초의 상업적인 보드게임은 1597년에 나온
간단한 거위 경주 게임이다. 이것으로 도박을 하는 이들까지
있었다는 것을 보면 아무래도 인간은 상대를 이기는 것을
즐기는 동물인 것 같다. 한국의 보드게임으로 윷놀이가 떠올랐다.
판과 말을 가지고 노는 방식이 흡사해 서양에서 들어온 문물이
변형된 것은 아닐까 생각하고 자료를 찾아봤다.
하지만 윷놀이는 부여 시대에 기원을 둔다고 하니 서양과는
아무 상관이 없는 게임인가보다.

자우 컬렉션 최고의 아이템은 다이아몬드 게임과
비슷한 형태의 '차이니즈 체커Chinese Checkers'였다.
이 게임을 보고 다이아몬드 게임의 기원이 중국이 아닐까
생각했지만 다이아몬드 게임은 1893년 독일의 할마Halma라는
게임에서 유래되었다고 한다. 다이아몬드 게임의 말은
길쭉한 막대기처럼 생긴 반면 차이니즈 체커의 말은
동그란 나무 구슬이다. 어린 시절 열을 올리던 다이아몬드 게임이
생각나 반가웠지만 우리 둘이 이걸로 게임을 한 적은
한 번도 없었다. 그저 가지고 있다는 자체만으로도 좋았었다.

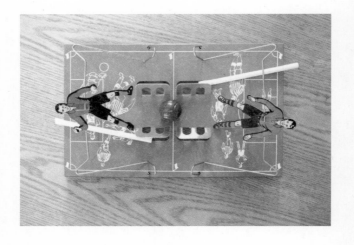

유럽에서 벼룩시장 여행을 다니다보면 다양하고 재미있는
보드게임을 많이 볼 수 있다. 종이로 된 보드게임뿐 아니라
재미있는 아이디어의 게임 판들이 상당히 많다.
에든버러의 어린이 박물관에 갔다가 축구 게임 하나를 사왔다.
빨대를 사용해 공을 입으로 부는 게임인데
조카에게 자랑했더니 심드렁한 반응이 돌아와 상처받았다.
터치 하나로 모든 것이 해결되는 이 시대에
침 범벅 게임을 권하다니 우스운 일이었던 것이다.

영어가 늘지 않는다고 고민하는 자우에게
'언어 교환 친구Language Exchange Partner'를
구한다는 쪽지를 붙여보라고 권했다. 고민하던 자우는
언어보다는 그림을 가르쳐주는 것이 낫겠다고 판단했다.
'그림 그리는 법을 알려드릴 테니 영어를 가르쳐주세요.'
자우는 이 쪽지를 내가 다니는 학교 도서관에 붙였고
두 명의 남자에게 연락이 왔다. 그녀는 이중 한 명의
정성 어린 대시로 곧 풋풋한 연애를 시작했지만
그림을 가르쳐주는 일은 하지 않았다.
미대생이 뭐가 아쉬워서 그림을 배우겠는가.
그러고 보면 미술 대학교에 그림 그리는 법을 알려주겠다는
쪽지를 써 붙인 그녀의 배짱은 참으로 대단했다.

NOUVEAU
9 tartelettes

어느 날 파리에 다녀온 자우가 선물이라며
내게 준 것은 'Made in China' 스티커가 붙어 있는
틴토이였다. U자의 철사를 쥐었다 펴면
두 사람이 앞뒤로 움직이며 복싱을 했다.
책상 앞에 거꾸로 걸어두고 우울할 때마다 꺼내
찰칵찰칵 쥐었다 펴며 복싱 시합을 주도했다.
몽마르트르 언덕의 노점에서 샀다는
이 움직이는 장난감 덕분에 나는 틴토이의
매력에 빠져들기 시작했다.

자우에게 틴토이를 선물 받은 이후로 나도
여행을 다닐 때마다 틴토이를 샀다.
나의 틴토이 1호는 베니스의 한 가게에서 산
관람 열차이다. 동그란 핸들을 돌리면 톱니와 함께
네 개의 의자가 삐거덕거리며 함께 돌아간다.
빨강 파랑의 조화가 참 예쁜 장난감인데
역시나 파란색 바닥 옆에는 Made in China가 적힌
금딱지가 떡하니 붙어 있다.

런던에서 산 닭 역시 중국 제품.
닭의 몸집만 한 열쇠를
옆구리에 꽂아 태엽을 돌리면
바닥을 쪼아 먹이를 먹는다.
망가지긴 했지만, 징그럽게 생긴 얼굴이
마음에 들어서 계속 간직하고 있다.

벨기에의 불법 상인에게 산 틴토이 뒤에는

Made in Korea라고 쓰여 있다. 사실 틴토이의 역사는

19세기 중반 즈음 서양에서 시작되었다고 한다.

Made in China나 Made in Korea 말고

진짜 오래된 서양의 틴토이가 궁금해지기 시작했다.

그후부터는 틴토이를 살 때 어느 나라에서 제조되었는지

유심히 보게 되었다.

파리의 벼룩시장에서 구입한 팽이는 Made in France.
전문가가 아니라 제조 연도까지는 알 수 없지만
꽤 오래되어 보인다. 팽이를 수직으로 세워
스크류를 힘 있게 누르면 돌아가는데
채찍 팽이에만 익숙해진 내게는 낯선 방식이다.
여러 가지 이유가 있겠지만 이 매력적인 양철 장난감들이
아이들 곁에서 사라진 것은 굉장히 안타까운 일이다.

틴토이가 나를 사로잡은 이유는 아마 그 움직임
때문일 것이다. 태엽이 풀리며 삐걱삐걱 움직이는
장난감을 보고 있으면 마냥 기분이 좋았다.
정말 오래된 빈티지 틴토이는 우리가 흔히 보던 것들과는
또다른 매력이 있다.
장난감 하나하나가 마치 작품처럼 섬세하게 만들어졌다.
한 가지 동작의 반복이라는 점에서는 다를 바 없지만,
이야기를 담은 듯한 설정이 있어서 동화책을 보는 기분이었다.
무언가 상상을 하게 된다는 건 즐거운 일이다.

틴토이라고 하면 보통은 로봇을 많이 떠올린다.
국내 틴토이 수집가들의 컬렉션 역시 로봇이 대부분이다.
로봇은 태엽을 감으면 앞으로 가는 단순한 움직임을
가진 것이 대부분이지만, 하나하나의 디자인과 색감이
독특하고 재미있다. 오스트리아 빈에는 로봇 박물관이 있다.
그곳에 가면 장난감뿐 아니라 인류가 최초로 만든
실제의 로봇 등을 볼 수 있어 꽤 흥미롭다.
그래도 내 눈을 끄는 건 태엽으로 어설프게 걸어 다니는
작은 틴토이들이다.

움직임이 특징인 장난감이다보니
로봇과 더불어 자동차, 비행기, 오토바이 등
탈것이 눈에 많이 띈다.

조금 더 이전 시대로 올라가보면
아무래도 마차와 말이 주를 이룬다.

◆ 남자의 다리가 움직이면 바퀴 달린 가방
두 개와 함께 전진한다. 가방에 스티커가
많은 걸로 봐서 출장이 잦은 비지니스맨인가
했는데 호텔의 포터였다.

단순히 앞으로 가도록 설계되어 있는 로봇이나
탈것 등의 장난감과는 달리 사람이나 동물 모양의
장난감은 다양한 설정을 할 수 있다는 점에서
굉장히 매력적이다. 전체가 양철로만 만들어진 것이
있는가 하면, 옷은 천으로 만들어져 있고
안의 구조물과 받침만 양철로 된 것도 있다.

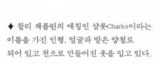

♦ 찰리 채플린의 애칭인 샬롯Charlot이라는
이름을 가진 인형. 얼굴과 발은 양철로
되어 있고 천으로 만들어진 옷을 입고 있다.

♦ 틴토이로 만들어진 저금통으로,
총 위에 동전을 놓으면 구멍으로 발사한다.

♦ 분명 이발사로 보이는 남자인데
팔의 각도로 봐서는 대머리 손님의 머리를
탕탕 치는 모양이다. 머리가 더 빠지는 것은
아닐까 염려된다.

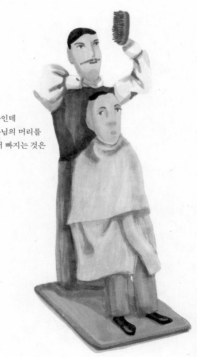

인터넷으로 라이언에어Ryanair나 이지젯Easyjet 등의
저가항공을 수시로 검색하곤 했다.
가끔씩 말도 안 되게 저렴한 비행기가 나오곤 했기 때문에
기회를 잘 잡으면 나의 형편에도 충분히 여행을 즐길 수 있었다.
10펜스(약 200원)짜리 런던행 비행기라던가
10파운드(약 2만 원)짜리 베니스행 비행기를 탄 적도 있다.
1년 3학기 제도의 영국은 방학이 많았고 여름방학은
무려 세 달이나 되었다. 여행을 다니기 충분한 시간이
되었기에 나는 돈이 모이면 유럽의 도시들을 한 군데씩
방문하곤 했다. 그리고 언제나 그 도시의 벼룩시장과
장난감 박물관에 갔다. 한 방에 열 명 넘게 받는
남녀 혼숙의 싸구려 도미토리에 묵고 샌드위치나
빅맥 따위를 먹으며 비싸서 사지도 못할 장난감이
뭐가 그리 좋은지 열심히도 찾아다녔다.

빨래를 돌리고 있던 세탁기가 갑자기 멈춰버렸다.
AS 센터에 전화를 해 사람을 불렀다. 최대한 빨리
와달라 했으나 기사는 3주 후에 모습을 나타냈다.
세탁기를 고치고 안에 있던 빨래를 꺼냈을 땐
이미 모든 빨래가 썩어 있었다. 아끼던 하얀색 치마에
오렌지색 곰팡이가 피었다. 모처럼 만의 목욕을 위해
세탁기에 들어갔던 곰 인형 두 개는 완전히 썩어버리고
말았다. 병원도 관공서도 인터넷도 모든 것이
느린 영국에서 빨리 가는 것이라고는 차가운
바닷바람에 휘둘리는 구름 정도였을 뿐이다.

인체 드로잉을 할 때 다양한 포즈를 보기 위한
용도로 책상 위에 둔 서양 미남자는 도무지
드로잉이라고는 하지 않는 책상 주인 덕에
하는 일도 없이 책상 위를 굴러다녔다.
새로 생긴 남자친구라며 언니에게 사진을 보내주었더니
남자로서 가장 중요한 것이
결여되어 있기 때문에 허락할 수 없다고 했다.
아, 그러고 보니 그렇군요.

자우가 기괴하게 생긴 토끼 인형을 샀다.

바느질이 엉성한 것은 말할 것도 없고 똑바로

앉지도 못한다. 게다가 눈알은 양옆으로 붙어 있어서

정면에서는 얼굴 형태를 알아보기 힘들었는데

자우는 이 인형을 아주 사랑했다.

정형화되지 않은 형태감 때문인지

손으로 만든 인형의 마력은 이루 말할 수 없었다.

벼룩시장에는 나의 어린 왕자나 자우의 토끼 같은
정체불명의 인형이 꽤 많이 나와 있었다.
언젠가 외할머니가 만들어주신 삐뚤빼뚤한 강아지 인형이 생각났다.
할머니는 잘 만들지 못해 창피하다고 하셨지만
나는 그 인형이 참 좋았다.
안경을 쓰고 인형을 바느질하는 할머니 뒷모습이 떠올랐다.
벼룩시장에 놓여 있는 못난이 인형들을 볼 때마다
아이를 위한 어른의 마음을 보는 것 같아서
마음이 따뜻해졌다.

암스테르담 어느 골목을 걷다가 작은 돗자리에
물건을 진열해둔 노점 상인을 보았다.
책 몇 권, 잔과 소서saucer, 은빛 커트러리cutlery와 안경 등의
생활용품이 듬성듬성 놓인 틈에 할머니 인형 하나가 있었다.
스타킹으로 만들어진 인상 좋은 얼굴,
몇 번의 수선을 거쳤는지 빛바랜 솜 위에 덧대어진 하얀 솜 머리칼,
정교하게 움직이는 다섯 개의 손가락과 섬세하게 지어진 속옷,
네덜란드를 상징하는 나막신까지.
어쩐 일인지 닮지도 않은 우리 외할머니가 생각나서
그냥 지나칠 수가 없었다.

동화책 속의 할머니 같은 예쁜 인형만 있는 것은
아니었다. 유럽 벼룩시장 곳곳에서는 귀신이 붙은 게
아닌가 싶을 정도로 무서운 모습을 한 인형을 쉽게
볼 수 있었다. 머리가 깨지고 목이 꺾이고 눈이 빠지고
팔다리가 없는 인형을 파는 상인이 꽤 많았다.
아예 눈알이나 머리통만을 따로 모아 파는 이들도 있었다.
이렇게 낡은 인형들이 버려지지 않고
거래된다는 것이 신기하기도 했고,
인형에 대한 그들의 애정이 존경스럽기도 했다.

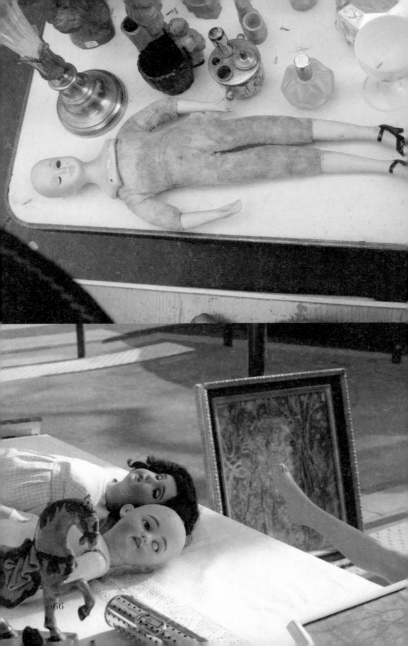

파리 파르망띠에르 에비뉴 114번지에는
눈에 확 띄는 노란색 가게가 있다.
여든이 넘은 의사 앙리 로네Henri Launay가
40년이 넘게 의술을 펼치고 있는, 세계적으로 유명한 인형 병원이다.
앙리에 대한 소문을 듣고 이곳을 찾아갔을 땐
안타깝게도 문이 닫혀 있었다.
각국에서 온 감사 편지가 다닥다닥 붙어 있는 창 너머로
구원의 손길을 기다리는 인형이 산처럼 쌓여 있는 것이 보였다.
얼마나 많은 사람들이 간절한 마음으로
이곳을 찾아왔을지 알 것만 같았다.
앙리가 복원하는 건 그들의 인형만은 아니라는 생각이 들었다.
버려질 인형을 복원하며 그 추억도 함께 되살리는 거겠지.

그러고 보면
추억처럼
아름다운 게 없다.

새벽에 일어나 막스 앤드 스펜서Marks and Spencer에
가는 길은 스산하기 짝이 없었지만, 나를 팀 버튼의
영화 주인공이라 생각하면 꽤 그럴듯하게 느껴졌다.
하지만 도착한 후의 시간은 조금 버거웠다.
손을 쭉 뻗어야만 겨우 닿는 큰 전신 거울 60개를 닦는 것은
보통 일이 아니었다. 언제 마주칠지 모르는 쥐들을 경계하며
바닥까지 청소하고 나면 완전히 녹초가 되었다.
나를 제외한 청소부들은 모두 중국인이었다.
돈을 벌려고 온 이들이 대부분이라 대학원생이라고 말하면
'대단하구나' 혹은 '거짓말 마'라는 반응을 보이곤 했다.
그들과 같은 취급을 받으면 조금 자존심이 상하기도 했지만
어차피 돈을 벌려는 목적은 같았기 때문에
크게 신경쓸 일은 아니었다.

청소 인력을 관리하는 덩치 큰 슈퍼바이저의 책상에는
빨간 벨보이 비닐 인형이 놓여 있었다.
지급된 청소복으로 갈아입으러 탕비실에 드나들 때마다
벨보이를 만나는 것은 작은 기쁨이었다.

나를 안쓰럽게 여긴 한 이웃의 소개로 그림 그리는
일을 하게 되며 백화점 청소 일은 그만두게 되었다.
마지막 날 초콜릿 한 상자를 사서 슈퍼바이저 책상 위에
놓고 나왔다. 빙긋 웃는 벨보이에게 작별 인사를 했다.

어느 날 자우가 학교 근처의 소품 가게에서
너무나 마음에 드는 인형이 있어서
두 개를 샀다며 나에게 벨보이를 내밀었다.
재회의 기쁨이란 이런 것이군요!

세계 일주를 다니며 잠시 에든버러에 머물던
한국인 하나가 토요일 성경 모임에 참석하게 되었다.
기차를 타고 러시아와 북유럽을 거쳐
에든버러를 지나는 중이라고 했다.
그녀가 온 첫날, 연애를 한 번도 안 해본 앤드류는
그녀에게 홀딱 반해 청혼을 했다.
그리고 몇 주 뒤 둘은 간소한 영국식 결혼을 하고 부부가 되었다.
나는 앤드류가 세상에서 가장 재미없는 사람이라고 생각했는데
좋아하는 여자 앞에서는 둘도 없는 로맨티스트였다.
아마 그녀에게는 자동차 조수석을 허락했겠지, 흥.

오래된 것을 사랑하는 유럽에는 벼룩시장만 있는
것이 아니었다. 크고 작은 앤티크 숍과 중고 물품을 파는
세컨드 핸드 숍second hand shop은 어느 도시 어떤 골목을
가건 만날 수 있다. 세컨드 핸드 숍은 골동품 가게들과
달리 집에서 안 쓰는 생활용품이나 음반, 책 등을
싸게 구입하기에 아주 편리했다.
대부분은 자선을 목적으로 하는 채러티 숍charity shop이었는데
가게마다 노숙자, 노인, 고아나 과부 등
자선 대상을 간판에 걸어놓고 있다.

어느 날 길에서 고양이 채러티 숍을 발견했다.

아기자기한 인테리어로 장식된 가게는 고양이와 관련된

물품으로 가득했고 수익은 유기묘들에게 돌아가는 모양이었다.

한참을 둘러보다 내 눈을 사로잡은 건 고양이 부부 책 스탠드.

동전 몇 개가 든 지갑을 마음속에서 수십 번 여닫기를

반복하다가 당시의 나에겐 큰돈이었던 3파운드 50펜스를

내고 고양이 부부를 샀다. 내 돈을 내고 산 것이면서도

선물이라도 받은 양 뭐가 그리 기뻤는지 모른다.

학교 근처엔 빈티지 드레스를 파는 가게가 있었다.

화려한 코스튬부터 일상생활에서 입을 만한 원피스 등

다양한 옷과 액세서리를 파는 곳으로 자우가 특별히 좋아했었다.

장난감은 없었지만 다른 세상에 온 듯한 기분이 좋아서

나 역시 자주 들러 기웃거리곤 했다.

자우는 이곳에서 트로트 가수들이 입을 법한 반짝이 의상이나

프릴이 잔뜩 달린 블라우스를 사서 나의 비웃음을 사면서도

종종 패션쇼를 벌이곤 했다.

나는 가랑이까지 찢어진 긴 청치마를 사서 몇 번 입고 말았다.

옆이 아닌 앞이 트인 디자인이라서 보기에 꽤나 흉했다.

손이 너무 시려 샀던 싸구려 가죽 장갑은 어디로 갔는지 모르겠다.

금빛 유니콘의 머리가 반짝이는 유니콘 앤티크에는
없는 것이 없었다. 반지하 계단을 내려가면 나무 판
앵무새가 앞뒤로 흔들거리며 손님을 반겨주었다.
벼룩시장과 달리 고가의 골동품이 대부분이라 선뜻 사기엔
쉽지 않은 것들이 많았지만 눈요기하기 위해 종종 들르곤 했다.
지하실로 내려가면 방들이 미로처럼 연결되어 있었다.
가구, 찻잔, 장난감, 샹들리에, 액자 등이 방마다 구분되어
있었다. 앨리스가 된 기분으로 이 방에서 저 방을
옮겨 다니다보면 시간이 훌쩍 지나갔다.
자우와 나는 오래된 가죽 가방이 쌓여 있는 방에서
싸구려 여행 가방을 하나씩 샀다.
자우는 푸른색 가방, 나는 베이지색 가방을 샀다.
가죽은 아니었지만 전 주인의 이름과 주소가 붙어 있는 것이
어쩐지 근사해 보였다.

조지가 소방관직에서 퇴임하는 정년 파티에
우리를 초대했다. 펍 하나를 빌려 소방관 동료들과
친구들, 친척들을 초대한 큰 파티였다.
퇴직을 하기에는 아직 젊은 나이라며 우울해하던 조지는
파티에서 모든 걸 떨쳐버리려는 듯 망가졌다.
웃통을 벗은 그에게 친구들은 샴페인을 쏟아부었고
조지는 배가 찢어지게 웃고 있었다.
도시에 지어진 건물이 대부분 석조 건물인데다 습해
화재 따위 일어나지 않을 것 같은 스코틀랜드에서에서
소방관으로 사는 건 꽤 편한 일이었을 거라 생각했다.
게다가 복지가 잘 되어 있는 나라인데
퇴직이 뭐 그리 슬플까 철모르는 생각을 했었다.
조지의 정년 파티가 있던 다음주에 에든버러 올드타운에서
큰불이 났다. 다행히 목숨을 잃은 사람은 없었지만
14세기에 만들어진 문화유산이 불타버려 많은 사람들이
슬퍼했다. 괜스레 조지에게 미안한 마음이 들었다.

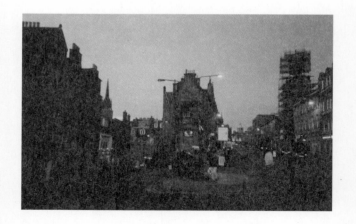

언어와 문화 차이는 아무래도 극복이
쉽지 않은 모양이었다. 늘 도도하고 자신만만하던
자우의 얼굴이 점점 어두워지고 있었지만
내가 해줄 수 있는 건 아무것도 없었다.
그녀는 해가 들지 않아 축축한 에든버러가
싫다는 말을 내뱉곤 했다.

에든버러 대학 근처에 있는 나우 앤드 덴Now and Then은
1976년부터 3대째 가업으로 이어져 내려오는
빈티지 장난감 가게였다.
오가닉 언니의 소개로 알게 된 지니는
일러스트레이션 학부를 다니던 인상 좋은 아줌마였다.
남편인 데이비드 고든과 결혼을 하며
빈티지 장난감과 인연을 맺게 되었다고 했다.

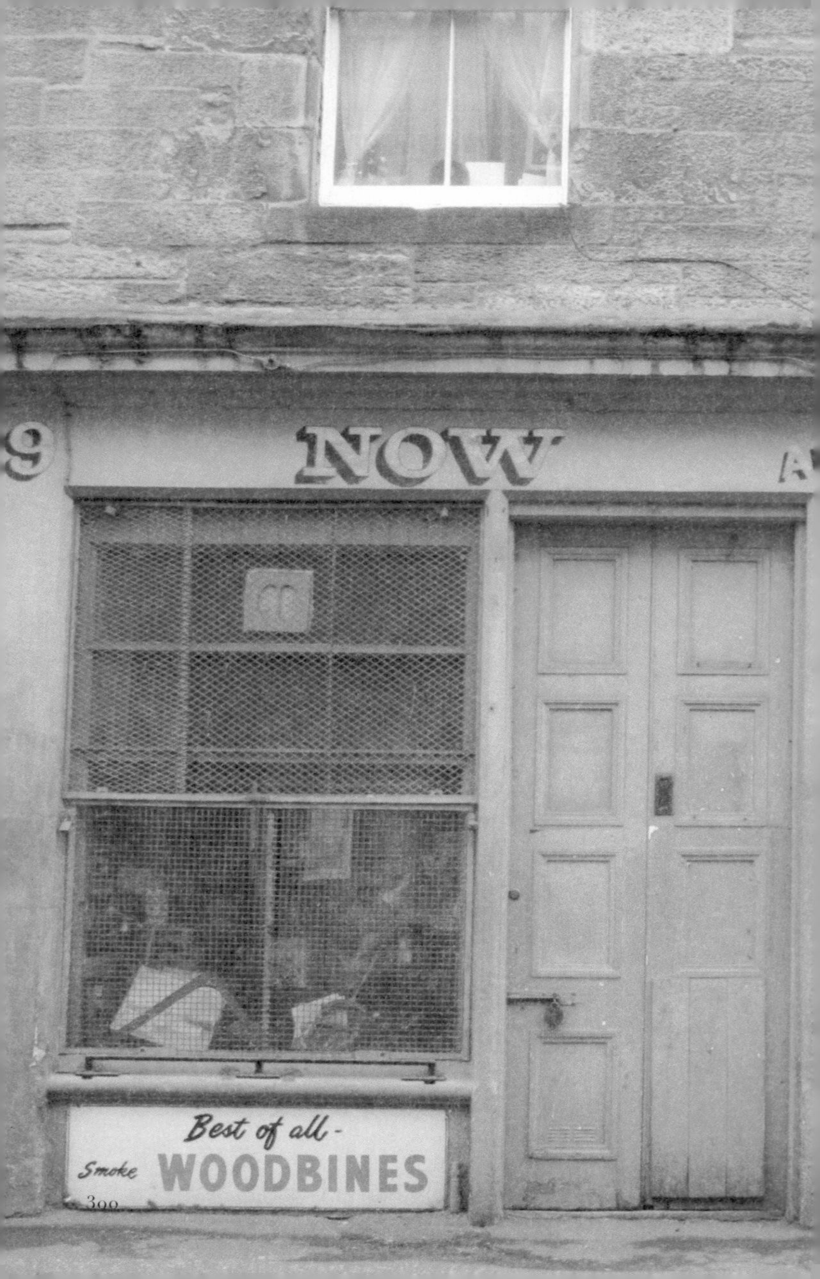
9
NOW
A
Best of all -
Smoke
WOODBINES

THEN 7

GOOD YEAR
TYRES

그곳에선 언제나 후크 선장의 보물선을 탄 기분이 되었다.
오래된 나무 선반에는 낡은 게임 판이 쌓여 있었다.
손때를 입어 반질반질한 유리장에는 알록달록한
빈티지 장난감이 빈틈없이 진열되어 있었고.
곳곳에는 장난감 포스터나 빛바랜 지도가 붙어 있었다.
탐나는 나무 사다리가 천장까지 닿아 있었다.
서랍장의 서랍에는 칸칸마다
오래된 틴이나 장난감 병정이 들어 있었다.
작은방으로 들어가면 초록색 벽면을 가득 채운
미니 자동차들이 진열되어 있었다.
책꽂이에는 너덜너덜한 책과 만화책이 빼곡했다.

가끔씩 지니에게 받은 장난감을 핑그르르 돌리며
내가 있던 곳을 생각한다. 장난감 가격을 묻는
나에게 선물이라며 선뜻 내어주던 그녀의 미소를
잊을 수가 없다. 학교 친구에게 받은 선물에
나는 눈물이 날 것 같았다.
지니는 몰랐지만 그날은 나의 생일이었다.

비록 학교 스튜디오에는 나를 반기는 사람이 없었지만
교수님은 나를 인정해주었고,
그림 그리는 것은 언제나 즐거웠다.
다른 과 학생들과는 무난하게 지내는 편이었고
동거녀 자우와는 한 번도 다툼이 없었다.
시간이 많아진 조지는 우리와 저녁식사를 하는 일이 잦아졌다.
성경공부 모임도 열심히 나갔다.
그 사이 앤드류와 이안은 결혼식을 위해 부산에 다녀왔다.
오가닉 언니는 나를 초대해 맛있는 것을 만들어주며
집주인과의 갈등을 토로하곤 했다.
나는 그저 주어진 대로 매일을 살며
시간이 날 때마다 골목골목 동네 탐방을 즐겼다.

휠체어를 탄 남자가 버스에 타려고 하자
기사 아저씨가 직접 내려서 남자의 승차를 도와주었다.
꽤 오랜 시간이 걸렸지만 뒤로 서 있는 어느 누구도
불평하지 않았다. 영국에는 장애인이 많았다.
하루에도 몇 명씩 보게 되어 영국에 장애인이
많은 이유가 뭘까 생각한 적도 있었다.
그날 장애인을 너무도 당연하게 돕는 버스 기사와
사람들을 보고서야 그것이 바보 같은 생각이었음을 알았다.
영국에 한국보다 장애인이 많은 게 아니라
영국이 한국보다 장애인이 다니기 편한 곳이었을 뿐이었다.
학교에 농아가 입학을 하면 통역관을 붙여주었고
휠체어를 탄 학생이 입학하면 작은 계단마다
경사를 만드는 공사를 했다.
영어가 부족한 유학생들에게는 영어 선생님을 붙여주기도 했다.
약자에게 관대하다는 측면에서 정말 좋은 나라임이 분명했다.
하지만 고개를 푹 숙인 채 후드를 뒤집어쓰고 다니는
쿠웨시의 모습이 겹쳐 마음이 아팠다.
스튜디오에서 혼자 샌드위치를 먹는 내 모습도 함께 지나갔다.

학교 뒤편에 있던 매도우 파크Meadow Park에는
가끔 이동식 놀이동산이 세워졌다.
서늘한 바람이 불던 어느 날 이안과 앤드류 형제는
자우와 나를 작은 놀이동산에 데려갔다.
영화에나 나올 법한 동화 같은 공간이었다.
회전목마와 바이킹, 미니 롤러코스터를 탔다.
간이식 호프집에는 사람이 그득했다.
작은 불꽃놀이가 터졌다.
날은 시원했고 기분은 날아갈 듯했다.
밤바람을 맞으며 깔깔 웃어댔다.

에든버러는 햇살이 밝게 내리쬐는 날에는
세상에서 가장 아름다운 도시이지만 그런 날이 흔치는 않았다.
비바람이 자주 불었고 그럴 때면 공포 영화가 따로 없었다.
흐린 날을 좋아하는 나에겐 꽤 괜찮은 곳이었지만
햇볕을 좋아하는 자우에게는 그렇지 못했나보다.
자우는 로운마켓에서 일 년을 채우지 못하고
파란 가방을 들고 햇살 반짝이는 해변의 도시 브라이튼으로 떠났다.
그녀는 작별의 선물로 만들어진 지 500년이 넘은
영국 인형과 골동품 타자기를 남기고 갔다.

나는 인터넷에 새로운 플랫메이트를 구한다는
광고를 냈다. 프랑스에서 연락이 왔고 서로 몇 번의
메일을 주고받은 후 함께 살기로 결정했다.
에든버러 대학에 교환학생으로 온 캐서린은 나보다 네 살이 어렸는데
유럽 사람 답지 않게 나이를 따지며 나를 어른 대접했다.
예의 바른 그녀와 밤마다 부엌에 앉아 하루 일과를 이야기했다.
요리가 취미라는 캐서린은 주말이면 크레이프나
스튜를 만들어주었다. 그녀는 꽤 좋은 사람이었지만
자우의 빈자리까지 채워주지는 않았다.
나는 자우 없이 혼자 매주 일요일 벼룩시장에 가서
장난감 모으기에 열을 올렸다.
바나나 머핀은 혼자 먹기에는 다소 컸다.

졸업 전시가 가까워지니 학교에 있는 시간이 점차
길어졌다. 꼬박 11시간을 스튜디오에 앉아 그림만
그려댔다. 작품 준비와 동시에 못하는 영어로 논문 작업을
하려니 죽을 맛이었다. 이안과 앤드류를 붙들고 늘어지며
교정 작업을 했다. 홀리, 에이미와는 약간씩 대화를 했지만
여전히 데면데면했다. 제시카와는 인사조차 하지 않았다.
버거운 일들이 많았지만 도움을 청하지는 않았다.
어쩌면 정말 외로웠는데 당시엔 알지 못했는지도 모른다.

나는 우수한 성적으로 대학원을 졸업했다.

졸업 전시가 오픈하던 날

디자인과 사무실의 수장이 내게 슬쩍 와서

'네가 일등할 거야. 마음의 준비를 하고 있어'라고 속삭였다.

대부분 대학원은 성적을 매기는 제도는 아니었지만(pass와 fail만 있다)

우리 학교의 경우 기업의 후원을 받고 1등을 뽑아

약간의 장학금을 주는 제도가 있었다.

전 학생이 모인 자리에서 내 이름이 불렸고

앞에 나가 수표가 든 봉투를 받았다.

지방 신문사들이 카메라 플래시를 터뜨리며

파티 내내 나를 쫓아다녔다.

느닷없이 홀리, 에이미, 제시카가 다가와

요란스러운 감탄사를 외치며 축하를 해주었다.

안면만 있던 한국인 남학생 하나는

'에이씨, 올해 한국인이 받았으니 난 내년에 못 받겠네'라는

못난 소리를 해댔다. 누가 뭐라 하든 별 상관없었다.

내 시간을 돌려받은 것 같아 기뻤다.

졸업 파티에 와준 조지와 캐서린도 진심으로 기뻐했다.

그날 조지는 근사한 레스토랑에서 오리고기를 사주었다.

졸업 파티를 한 날부터 학교는 거대한 전시장으로
바뀌었다. 파티 전부터 며칠간 뚝딱뚝딱 소리가 나더니
로비에는 파티션이 세워지고 다른 모든 작업실에도
작품이 전시되었다. 졸업 작품을 보기 위해 동네 사람들이
몰려들었다. 마치 마을의 축제 같았다. 사람들은 마음에 드는
작품이 있으면 구입을 하기도 하고 아직은 학생인
예비 작가들을 만나 작품 이야기를 하기도 했다.
아직 그림을 사고파는 것이 익숙지 않은 내게는
꽤 신선한 자극이 되었다.
나에게도 그림을 사겠다는 제의가 들어왔고
두 점의 작은 그림을 팔았다.
졸업 작품으로 주목을 받은 덕분에
많은 에이전시에서 연락을 받았다.
전시장에 가면 작가와 대화하고 싶다며
누군가 기다리고 있거나 작품 앞에 명함이 쌓여 있었다.
몇 군데와는 미팅도 했다. 꿈같은 날들이었다.

자우에게서 브라이튼의 사진 몇 장을 첨부한
메일이 왔다. 고생 끝에 여러 명이 사는 플랫의 방을
하나 구했다고 했다. 아래층에 사는 인도 남자가
똥을 쌀 때마다 변기 물을 안 내린다며 괴로워했고
화장실 문에 찧어 살점이 뜯어졌다며
피가 낭자한 사진도 함께 보냈다.
물이 맞지 않아 배탈이 났지만 살이 빠지고 있어
나름 나쁘지 않다고 했다. 벼룩시장에서 산 풍속계 사진을
보내며 그곳의 벼룩시장은 그리 볼품없다고 툴툴댔다.
하지만 위트 있는 풍속계를 보니 그곳에서 그녀가 잘 지내고
있음을 짐작할 수 있었다. 브라이튼은 과연 햇살의
도시인가보다. 해변 언덕의 알록달록한 집들이
해를 받아 반짝이고 있었다. 골목에는 노천카페가 즐비했다.
그곳에 앉아 커피를 마시다 남자들의 찬사에 우쭐할
자우의 모습이 눈에 선했다. 치렁치렁한 머리가 햇살을 받아
더욱 매력적으로 보일 것이다. 다행이다.
에든버러를 떠난 그녀는 참 행복해 보였다.

몇 군데서 일을 함께 추진해보자는 제안이 왔지만
나의 학생비자는 곧 끝날 예정이었다.
워킹비자를 받기 위해서는 꽤 골 아픈 시간을 보내야
한다는 걸 알고 있었다. 영국에서 일이 하기 싫었다거나
반드시 한국에 들어와야겠다고 생각했던 것은 아니다.
그저 그곳에서 더이상 어떤 노력도 하고 싶지 않았다.
대학원에서 에너지를 모두 소진했기에 영국에 넌덜머리가 나 있었다.
괜찮다고 스스로를 격려하며 버텼지만 힘들었던 모양이다.
끝내 홀리, 에이미, 제시카 틈에 끼지 못한 것이 마음 아팠던 걸까?
지칠 대로 지친 나는 에든버러에서 받았던 좋은 기억 따위는
던져두고 주저 없이 한국으로 돌아가기로 했다.

한국으로 돌아가기 한 달 전만 해도 정말 몰랐었다.

다시 나의 자리로 돌아간다는 것이 그렇게 슬플 줄은.

유학 생활을 하면서도 다른 사람들의 외국 생활을 동경했었다.

그렇게 바보 같았다. 아름다운 도시에 살고 있었지만

그저 그림책 한 권을 보는 느낌이었다.

그 책 안에 있는 내 모습을 찾을 수 없었다.

그래서 떠나기로 한 것인데.

나도 모르게 등장인물이 되었던 걸까?

책장을 덮을 시간이 되니 알 수 있었다.

다시 찾아오지 않을 시간이

얼마나 아름다운 것이었는지를.

에든버러를 떠나는 전날, 짐이 없는 빈방에서
여행 가방을 안고 소리 내어 펑펑 울었다.
소리를 흡수할 가구가 없어서
내 울음이 온 방 안을 메아리쳤다.

한국에 돌아와 경제적으로 독립을 하고
여섯 식구를 먹여 살린 아빠의 위대함을 비로소 절감하며
조금씩 어른이 되는 중이었다.
매년 해외여행을 가겠다는 야심찬 꿈은 이루기 어려웠다.
현실에 나를 내던진다는 건 생각보다 쉬운 일이 아니었다.
많이 읽고, 많이 쓰고, 많이 보며 살자는
내 삶의 작은 약속을 지키지 못하며 몇 년이 흘렀는지 모른다.
화려한 졸업에서 비롯한 기대와는 달리
나는 그다지 훌륭한 작가가 되지 못했다.
인형이나 장난감을 보면 여전히 즐거웠지만 예전만 같지는 않았다.
어느 순간 즐기는 것이 아닌 보여주기 위한 수집을 하는
나를 보았다. 참 재미없게 살고 있었다.
문득, 10년 전 그렇게 치열하게 살았던 시간이 그리워졌다.

그곳에 다시 가봐야겠다 생각했다.
서늘한 바람과 빠르게 흐르는 구름과
이끼가 낀 석조 건물이 보고 싶었다.
피시 앤드 칩스에 소금과 비니거를 뿌려서
생맥주 한 잔과 먹고 와야겠다고 생각했다.

에든버러 공항 밖으로 나오자 차가운 바람에
곰팡이 냄새가 몰려왔다. 4월인데도 춥고 습했다.
오감이 에든버러를 기억해냈다. 이제야 실감이 난다.
공항버스를 타고 시티센터로 들어가며 보이는 바깥 풍경에
가슴이 터질 듯 떨려왔다. 운치 있는 석조 건물을 보니
내가 살던 435번지가 몹시 그리워졌다.
시간이 느리게 흐르는 에든버러에도 많은 변화가 있었다.
본격적인 관광객 유치를 하려는 모양인지
트램을 위한 레일 설치 작업이 한창이었다.
몇 백 년 세월을 받아내어 반질반질한 돌바닥을
차가운 레일이 할퀴며 지나가고 있었다.
트렌디한 카페들이 여기저기 눈에 띄었다.
오래된 가게들이 하나씩 사라지는 모양이었다.

게스트 하우스에 짐을 풀고 학교 근처 펍에서 기네스와
피시 앤드 칩스를 먹었다.
학교에 가서 작업실 이곳저곳을 기웃거렸다.
칸틴은 문이 닫혀 있었다. 여기저기 담배를 말아 피우는
학생들이 보였다. 학교 옆 소방서도 그대로 있었다.
조지가 보고 싶었지만 한국에 오며 연락이 끊겼다.
오가닉 언니 집에 들러 근사한 저녁을 얻어먹었다.
언니는 영국 남자와 결혼을 해 아이 둘의 엄마가 되었다.
여전히 그림을 그리고 있었고 예전보다
아주 행복한 삶을 사는 것 같았다.

이안은 결혼을 하고 앤드류는 어느새 아빠가 되어
각자 다른 지방에서 살고 있다고 전해 들었다.
귀국하고 얼마 되지 않아 홀리와 에이미에게
'그동안 미안했다'는 메일을 받았었다.
앞으로 연락하며 작업을 공유하자고 했지만 답장은 하지 않았다.
그때 답장을 했었다면 다시 찾아간 에든버러에서 그들을 만났을까.
잠시 쓸데없는 생각을 했다.
기대를 품고 찾아간 일요일 벼룩시장은 장소를 옮겼다.
수많은 골동품은 10년 새 다 어디로 가고
중고 생활용품만이 나뒹굴 뿐이었다.
자우가 보면 슬퍼할 거라 생각했다.
하늘은 새파랗게 맑은데 날이 흐렸다.
부지런히 움직이는 구름을 보니 어쩐지 안심이 되었다.
시간이 나를 위해 머물러주는 일은 없었지만
10년 전의 지도를 아직도 사용할 수 있다는 사실에 감사했다.

자우는 아직도 파란 가방을 가지고 있다.

나의 낡은 베이지색 가방도 서랍장 위에 올려져 있다.

정확한 맛을 기억할 수는 없지만 바나나 머핀이

맛있었다는 걸 기억한다.

정확한 구조를 기억할 수는 없지만

에든버러의 벼룩시장이

아주 크고 근사했다는 걸 기억한다.

그 시간으로 다시 돌아갈 수는 없지만

에든버러와 그곳에 있던 나를 기억한다.

그림책처럼 아름다웠던 에든버러는 그 자체로

나에게 거대한 장난감이었다.

353

도움을 주신 분들

67쪽 바비 인형, 황영심님 소장품
82~85쪽 소품, 고양이 삼촌 소장품
146쪽 카드, 〈The Sculpture Court〉ⓒ John K. mcGregor
222쪽 쪽지 일러스트, ⓒ 자우 JAWOO (일러스트레이터 이지은)
280쪽 인형, 하코 소장품

토이 Toy

© 박세연 2015

초판 1쇄 발행. 2015년 7월 10일
초판 2쇄 발행. 2015년 12월 8일

지은이. 박세연

펴낸이, 편집인. 윤동희

편집. 김민채 박성경
기획위원. 홍성범
디자인. 이진아
마케팅. 방미연 최향모
홍보. 김희숙 김상만 한수진 이천희
제작. 강신은 김동욱 임현식
제작처. 영신사

펴낸곳. (주)북노마드
출판등록. 2011년 12월 28일 제406-2011-000152호

주소. 10881 경기도 파주시 회동길 216
문의.031.955.1935(마케팅)
　　　031.955.2646(편집)
　　　031.955.8855(팩스)
전자우편. booknomadbooks@gmail.com
페이스북. /booknomad
트위터. @booknomadbooks
인스타그램. @booknomadbooks

ISBN. 979-11-86561-06-5 03810

www.booknomad.co.kr

북노마드